L'aride des jours

DU MÊME AUTEUR

Poèmes à haute voix *(P.J. Oswald, 1970, épuisé)*
Terres de feu *(P.J. Oswald, 1972, épuisé)*
État de veille *(P.J. Oswald, 1974, épuisé)*
Passage de femme *(Guy Chambelland, 1975)*
Le Réel au plus vif *(Guy Chambelland, 1976)*
Clovis Hugues, un rouge du Midi *(Jeanne Laffite, 1995, épuisé)*
Total Khéops *(Gallimard, 1995, Série noire n° 2770)*
Chourmo *(Gallimard, 1996, Série noire n° 2422)*
Les Marins perdus *(Flammarion, 1997)*
13 rue saltalammachia
(collectif, les Éditions du Ricochet, 1997)
Soléa *(Gallimard, 1998, Série noire n° 2500)*
Vivre fatigue *(Librio, 1998, n° 208)*
Le Soleil des mourants *(Flammarion, 1999)*
Loin de tous rivages *(les Éditions du Ricochet, poésie, 1997 ;*
Librio, 2000, n° 426)

Jean-Claude Izzo

L'aride des jours

Photographies
de Catherine Bouretz-Izzo

Édition originale de *L'aride des jours* : les Éditions du Ricochet, 1999
Photographies de Catherine Bouretz-Izzo

À ceux que j'aime,
et qui savent que la vie est cruelle plus que vaine.

J.C.I.

Pour Gérard, mon père

C.B.

Et un jour ces paroles muettes
qu'avec toi nous avions nourries
de lassitudes et de silences,
sembleront à un cœur fraternel
toutes savoureuses de sel grec.

Eugenio MONTALE

... immergé dans le paysage, dans l'ocre et le vert des mousses et des lichens.

Là, dans le glissement nu des transparences. Je marche dans le gras du jour. Ma vie n'attend plus son vivant. L'ici ne se réfère qu'à moi-même. Je suis à l'origine. Et je suis perdu, voué à l'errance à travers mon corps. Avec mes pas, l'air se déplace.

Arête faîtière

I

L'innocence
des premières neiges désespère mes phrases.

Même arrachée à mon corps,
l'écriture aura toujours une couleur sombre,

et un sens : celui du geste
moissonné ou perdu.

II

À l'arête violette du soir
j'affûte mes os.

Jusqu'au tranchant du sexe

je n'ai de mots
que ceux qui creusent pour ensevelir

— du mot à la mort, l'enjeu est je.

Quelle nuit s'éparpillant dans son ombre
ramènera le noir des lettres oubliées ?

III

J'ai détissé le temps
et dépossédé mes rêves
de leurs rêves de transhumance.

Fallait-il
jusqu'à l'arête faîtière
éconduire le regard ?

IV

Dans sa perspective
le paysage n'est qu'un point de fuite.

Perdre là
— c'est mon vœu —
l'homme sans mot ramené au rang des choses.

Ne plus voir,
ici, dans cet encrage bleu qui enclôt le regard,
que sa peau retroussée
pour définition,

pour définir cette absence d'une parole acceptable.

V

Soif d'avoir soif.

Et l'eau bue jusqu'à la cécité bleue
des océans érigés en écritoire.

Et l'abondance des mots, à blanc,
jusqu'à l'à-pic dérisoire des pages nues.

Ne rien écrire qui ne soit vu.
Ne rien dire qui n'ait été écrit.

Alors, dans ce silence à couper au regard,
s'abreuver
aux seuls chemins qui se refusent
et s'insoumettre
à l'ordre des choses.

Alors encore, d'immobilisme
renverser le paysage,
se hisser à l'écume des houles annonciatrices
des jours mourants.

La chute d'une hirondelle
n'empêchera pas le retour du printemps.

I

Bouche ouverte
au silence inépuisable.

Seul fracas : les montagnes dévalant leur à-pic.

J'avoue ma chair périssable,
et ma langue déglutit
le passé dénommé.

De mon corps au paysage, toujours,
l'espace désertique des mots.

Il pleut à travers mes os.

II

Vertige de ma verticalité.

Aucun désir :
j'ai bu ma soif.

L'avenir est dans le renversement,
le gravi parcouru linéairement
dans le paysage du fond

miroir de mon regard lézardé.

III

Érosion des lèvres à désapprendre.

J'ai dévidé les mots de ma mémoire

rêvant le roc
où écorcher
accrocher quelques lambeaux
d'hier.

L'air s'écoule
au creux d'une combe.

Douleur claire.

Dérive.

Dans l'ombre des chênes survivants,
je ne réponds plus.

IV

L'espace bleuit mon espace.

Froissement d'aile
dans l'air immuable.

Se fend la montagne
— passage entre l'ici et l'ailleurs —
faille qui me perd.

Je suspends mon je.

Corps en jachère

livré à l'amer des chemins.

I

Mon sang reflue,
à l'à-pic.

Il n'y a pas d'autre issue que le saut,
cet appel unique.

Amer repli
qui ramène mon corps à la lisière,
à l'ombre mûrissant la mémoire.

Nul repos
dans les marges.

Le jour culmine à la cime
bleue
des plus hauts sommets

et je n'ai pour souvenir que ce sourire
sur mes lèvres bleuies.

Il n'y a pas de jours durables,

qu'un cri
blanc

et son écho
blanc.

II

J'ai érodé les pierres
pour percevoir mon nom.

On ne survit qu'à force de racines.

Naître en amont de l'eau.
N'être.

Il faut se crever les yeux
pour boire le regard des ancêtres.

III

Pied à pied
dans les sillons

à travers les traces perdues,

et le regard voué à la mouvance de l'air,

complice de l'essentiel
— l'eau, l'air, la terre —

d'un projet humain.

Libres chemins
où seul répond
l'outil d'un homme en appel.

L'homme n'a pas toutes ses origines de l'autre côté du désespoir.

I

L'eau en crue
interroge :

quel lieu demain mourant comme aujourd'hui ?

Question
des combes sèches.

L'avenir
se joue en terme de soif.

Mais où piéger
la fonte des neiges ?

II

Pierre à pierre, le silence.

Une saison de gel
sauvera nos derniers mots.

III

Usure à voir,

à regarder se dissoudre la ligne faîtière
dans l'ombre de mes mains.

Un point clôt
toujours le jour : d'un noir définitif.

Écrire en suspension ces chutes quotidiennes
sur l'aplat blanc des heures.

Sillons dérisoires,
chemins en devenir,

jusqu'au jeu plural
de l'abondance.

IV

Au faîte d'un étouffant silence
la montagne se fend
d'une combe,

d'une douleur, d'un blanc,

d'un espace innommé
où inscrire ses lèvres,
où coller sa bouche,

où aspirer
tout l'air des générations déchues.

D'un souffle alors
rendre son horizon à la terre.

V

Arbre mort,
mélèze,
couché comme le jour sous le poids des heures.

À nu,
et la mort proche, et la mort...

Vomir ces mots-là
pour qu'enfin à vif la vie
pousse ses feuilles
dedans
nos chairs en ruine.

Glaisières

… dans l'accélération des vignes au solstice de juin.

Sur les lieux de mon origine.
Là.

… et le cri des cigales à fond de collines, dépossédées par les feux de l'été. Nul débordement : au rythme des saisons, le démantèlement gagne du terrain. Contre nature. Et le cri des cigales à fond de collines, jusqu'à l'épuisement du feuillage…

Là,
j'investis de mes rêves le paysage.

À contre-jour
et dans le silence :

sans parole.

..... et des mots se cherchent dans ma bouche. Désespérément. Des mots de glaise, d'ocre vif. Ils se rassemblent alors que le silence maçonne entre ciel et terre la paroi abrupte sur laquelle le temps s'écorche. Et moi : les doigts en sang qui ne savent plus écrire les noms d'hier...

J'avoue :
je suis immobile
dans la mobilité pressante des heures.
Là,
et tout l'espace sur le dos,

tout l'héritage,
pesant.

Sans parole.

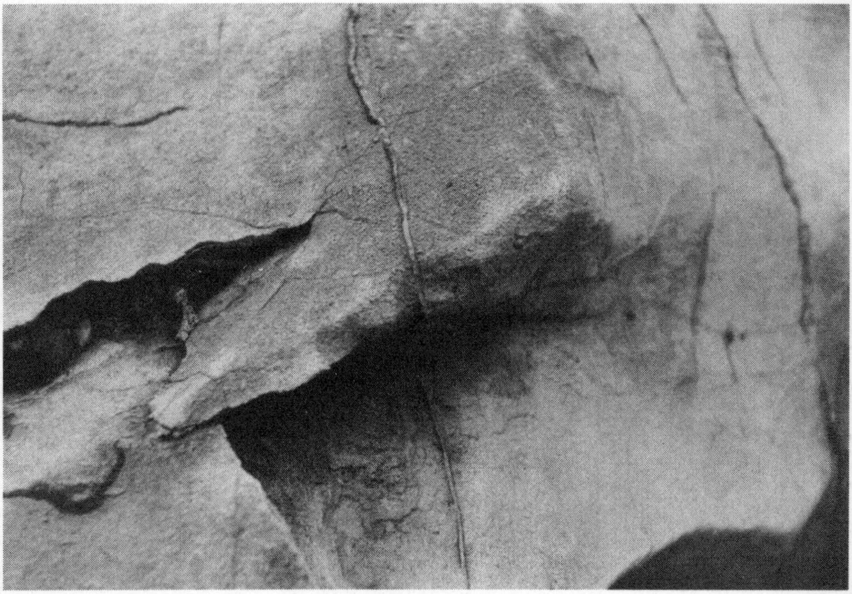

..... et l'herbe et les ronces et les ruines. La vie fictive se propage et distribue ses illusions. Mirages : la mort ne remet pas à demain ses désirs. Et l'herbe et les ronces et les ruines dénomment le pays sage...

Là,
sur les lieux de mon origine
alors que le silence
s'élance à l'assaut du soleil.

Sang.

Je reviens aux glaisières.

De la terre
je n'ai à la bouche qu'un goût de défaite. Je suis las, je puis le dire. J'ai le souvenir de la terre si profondément submergée de lumière que, dans sa transparence, sa superbe m'apprivoisait.

Mais est-ce juste que de puiser ainsi au passé pour combler le silence ?

Un soir, nous avions parlé comme si,
déjà, c'était la nuit.

Là, dans le flanc des côtes rousses : je regarde s'évanouir les ombres. La lumière tranche sur toutes les questions, faille qui donne à voir : pour la première fois, la lointaine et douce crête de la montagne, et, plus près, le crépis brun d'une maison sortie de la terre…

> Ici laissez-moi rire : de ce rire obstiné qui n'est pas moi (comment aurais-je su ?) et qui ramène par vagues les siècles dépossédés.

Ainsi ai-je heurté le ciel. Un arbre a jailli. Mais cela ne va pas de soi. Je le précise : j'étais de l'autre côté de l'eau, là où j'use les mots dans une autre usure. Peut-être pour démêler le détail de l'ensemble… Histoire impossible ? ou perdue ?

> *Une maison dans le jour. Et dans le temps. Près des arbres…*

Tout le lointain : le plain du pays. Je ramasse mes mots. Je fais trace : j'écris.

— Y a-t-il eu des gestes essentiels ? et d'autres ? La mesure d'un pas avait-elle une importance ?

La vie semble se refermer, comme à la tombée du jour on replie sur la maison les volets de bois.

Alors le silence sur les collines

> — dans les labours gras de la terre ne
> mesurait-on pas la longueur des jours ? —

et tout le paysage m'arrive
par ses chemins secs. Le soleil s'est mis en boule.

Là,
nul médiateur.

Ma parole creuse un espace vide.

Mémoire échangée contre l'aube.
Clarté.
J'attends
  — et peut-être bien que j'arrive trop tard.
Mais cependant j'attends au détours
le sentier
qu'un éclat de soleil frappera :
rendu ainsi à l'utile.

> Là,
> domaine des zones blanches,
> libre d'emprise et de prêtrise,
> domaine des livres clos
> et du vieil homme dialoguant avec la mort.

Là
au seuil de l'errance,
d'un pas disponible au trajet
dont le vague est certitude
et l'élan bois de hêtre.

Les heures sont exclues.

Les yeux ouverts sur le pays
livrent les mains aux caresses des racines.

Avec la terre : pacte et partage.

Ciel d'air et d'eau
et sueurs d'homme et rires d'homme :
le soleil d'horizon en horizon
et un sentier de dure usure.

Présence de sable qu'un vent dispersera.

Dans l'heure sans trace,
tout l'espace ouvert
brasse la source d'un fleuve oublié.

Là,
lieu du rêve assassiné
et lieu du rêve en perpétuel devenir.

Sous l'allant du soleil, les pierres s'amoncellent.

Ruines,
en tas, dans le bleu des chardons.

De ce ventre, la terre n'enfantera que le silence.

Nulle plainte cependant.

Seule, dans l'ombre qu'inspire le monticule,
l'herbe a froid
malgré l'heure
haute dans le jour.

Des fourmis se rassemblent en un point noir.
Un lézard s'étire et passe.
Une grive s'envole.

Le souvenir alors,
tandis que la vie se débat avec la mort.

Dans un battement de cils
s'éloignent les derniers troupeaux.
Le temps d'un chien et d'un berger,
la poussière aboie
et s'élève en un cri ogival.

La lumière se délie.
Sur les pentes chaudes des alentours
la terre à vif, lacérée par l'usure,
sue son argile rouge.
Couleur de révolte.
Et de soif.
Appel.

La parole est affaire de tous.

Amertume des pierres

I

Le soleil.
Le corps proche du cri.

Blanc,
et rien ne s'écrit dans l'aveuglement.

Dans les marges :
les heures d'insolence.

Mots usuels,
les pierres d'un langage en ruine.

Usure des jours.
L'oubli sur l'instant.

Silex ?

Cri
et tout l'or du corps.

II

Bleu majeur
soudain,
avant que je ne sache
quels mots aujourd'hui j'oublierai.

Cri blanc,
donc.

Ainsi se lève le jour,
et me surprend.

Combien de fois
ai-je ordonné un moratoire des heures ?

Passe la mort.

Le temps de boire
au fond d'un bol de faïence
la dernière goutte d'un lait de chèvre.

Survivre
dans le rythme millénaire
de l'ombre et de la lumière.

Avec force :
d'un pas alors, j'éventre le jour.

Le soleil émergé des crêtes
s'effiloche entre les doigts.

La vie passe.

À chaque mot je me perds. À chaque geste je m'éloigne encore. Égaré et seul donc. Ainsi ai-je voulu sans doute.

III

Obstiné. Et rien de plus.
Je me livre aux ruines
à corps perdu sur les pierres nues.

— C'est déjà ici une saison de pierres.

Terre oubliée et presqu'aveugle.
D'où provient le silence ?
et qui, à l'argile, rendra enfin son sang ?

Poussière et lumière.
Et les pierres s'érodant au bleu du ciel.

Éternité relative,
la pénombre des minéraux.

Amertume des pierres érigées en saison.

Et mon corps en appel comme la nuit
en appel à l'oubli.

IV

Pierres !
Et quel vacarme !

Sur les phrases du soleil,
à coup d'ailes,
sombres virgules,
le noir envol des corbeaux.

Cri.

Mon sang bat le rappel des aurores.

Langage aigu et dur
de la campagne misère,
de l'absence arpentant l'oubli des jours.

Surexposé,
je,
sur le paysage,
intrus.

De quelles mains
chasser les charognards ?

V

Le paysage
alors que s'efface le jour.

À plat.
Et nu.

Opulente lumière,
épaisse, basse :
et les reliefs en émergence.

Géographie
— mais à quoi bon dire le lieu ?
Pas plus que l'âge des chênes
nous ne savons le nom des sources.

Se taire, par respect,
alors que le ciel
en accroc aux arêtes vives
rompt d'avec la lumière.
Et crie.

S'imposer le silence
une nouvelle fois,
l'instant de ce déchirement.

Seule alors la beauté
pour pallier notre ignorance.

VI

Précédant les vents,
en avance sur les saisons,
en deçà des neiges
et au-delà des grandes chaleurs,
dans l'oubli,
et sans nom,
sans visage ni corps,
je suis
comme je serais mort :

transparent,

ouvert à la lumière
sur l'heure sans trace,
déjà pourriture
et presque poussière.

Les ruines au cœur
alors que la terre se dissipe.

Le silence
me décompose.

Sans un cataclysme
il ne restera rien de moi.

Derniers feux

I

Notre place est sous l'épaule du soleil.
Sur les pierres bleues, au sein des herbes, gémit midi.

II

Au lieu mortel de la chaleur,
l'heure éclate comme la pierre usée.

Midi atteint la vérité.
Il fonde l'immuable.
Nos corps sont les éloges du soleil.
Un chant arme nos bras
pour de futures fournaises.

III

Délire.
Monte en moi l'odeur du cri brûlé
où perle le désir.

IV

Midi dérive en ma mémoire.
La lumière s'est figée.
Elle abolit l'espace.
Point de distance.
Tous les chemins mènent vers cette pierre gravée
sur le haut lieu du souvenir.

… une maison morte, ici, au versant nord de la vallée.

Et meurent ailleurs d'autres maisons : villages oubliés où demeure notre histoire. À travers les toits affaissés, les façades éventrées, là, face à l'obscène silence, pierre à pierre s'éparpillent les mots des ancêtres.

Ruines : pays, je te suis à la trace.

Une terre manque aujourd'hui à l'appel de l'homme.
Pays silencieux.

Là : pays —

La terre garde ses distances.
Suis-je l'étranger
moi qui reviens sur mes pas ?

J'attends
contre le silence.
Face à face avec la lumière.

D'une présence sans revendication.

Je désapprends le paysage et la seule évidence est dans cette mise à nu où chaque chose élit son règne : l'argile et la rivière, les forêts et les pierres, la source et

— les légendes renaîtront-elles les sources qui les ont nourries ? —

que peut ma main ? Plus ou moins que les heures ?

Je demande :
pourquoi ce démembrement ?

Nulle réponse ne vient.
Personne ici ne répond à personne.
Le silence est la seul parole
et le vent vomit mes questions.

Dans le silence. Et tant à faire dans le plus simple silence : je me suis tu.

Là, une parole est enfouie.
Péripétie de l'aridité des mots : aucun lieu aucune fontaine. Quel est le cours d'eau qui rendra à la source le corps absent et le restituera à la mer ?
Fin approximative, puisque le rivage, le sable, la vague, le désir et...

Cri.

Recommencer à parler.
Conquérir.
Pas à pas revenir à ces lieux oubliés.

J'ai répondu :
la terre est notre mémoire.

Mes mots se sont fondus dans l'air.
Seul écho, cette cicatrice
qui fend ma chair comme la terre
au plus fort de la soif.

Appellera-t-on cela un cri ?

Un homme a crié entre la rive proche et le rivage qui l'emporte.

Nul point de repère ici.
Le soleil seul.
Il précise : c'est ici et maintenant.

Riche des rumeurs lointaines,
l'aube revient,
vague sans espoir.

Le jour qui se lève
ignore la mort qui se propage.

Futiles instants
ces heures de lumière.

La terre dans son dénuement
vide de son sens la clarté.

De pierre en pierre,
le silence
devient chemin de fuite.

Et le soleil s'immole à l'ombre.
Par désespoir.

Survivre alors
à la dispersion du ciel.

Le jour me livre sa lumière :
je me nomme, mais incapable de marcher.

Le désespoir.

Midi :

frappé de cécité par le soleil
je, pas à pas
à travers la terre au repos.

Ouvert à tous les vents,
le chemin gravé par des siècles d'usure
guide mes pas
jusqu'aux lèvres où siège ma langue.

Parler
et c'est à nouveau apprendre
les mots-sang qui saignent à la pointe de l'heure
sur l'arête des cyprès immortels.

Je marche ainsi avec au cœur
un fardeau de feu.

D'un souffle brûlant
je balbutie dans l'air immobile
l'alphabet en instance d'oubli.

Et l'oubli apprend à rêver.

Cri. —

Je n'ai plus de voix mais je crie.

Une poignée de terre
en main.
En mon poing,
un bourgeon à ouvrir.

J'ai rêvé la terre rêvant l'homme.

Dit ainsi, je sais que dans tous les méandres du jour la terre se décourage chaque heure davantage. Et pourtant ce besoin...

Aube : et rien.

Là
et rien ne me chassera.
Pas même le silence.

Alors :
ou envahir ou habiter la lumière.
Ou bien ou bien.
Toujours l'alternative mais
brûler dans la chair des mots en délire.

D'abord le soleil.
La lumière étend sa chaleur,
et midi...

Entrouverte sur l'éternité,
l'heure
suspendue au souffle d'air.

Je cherche et me souviens.

Et soudain, l'aveuglement blond d'un champ
que découvrent les bras.

Le soleil encore
et midi encore,
et la lumière est brûlure.

L'heure
offerte à l'éternité
embrase la mémoire.

Les bras rapportent le rêve.

Ne s'effacent
raison et regard.

Ne pas oublier.

À l'état de veille les pierres sont des constellations, ivres de vent : et ce n'est plus moi qui interroge mais elles, mais elles...

Silence recouvert de mutisme.
Nul mot.
Et l'oubli persévère de brèche en brèche.

Pierres qui démentent le rêve.

Et meurent dans ma bouche les villages un à un. La langue qui nomme les ruines s'appauvrit : bientôt je serai sans mot. Entre mes lèvres, comme une plaie rouge, la dernière syllabe saignera sur l'herbe haute.

Tremblement dans lequel les feuilles
perdront la mémoire.

Comme si —
... mais la mer semble lointaine. Du sable, il ne me revient que l'odeur. Flux qui remonte, à contre-courant, vers l'intérieur. Terre des rêveries, des amours, des persécutions. L'argile a-t-elle un cœur, et où donc bat sa vie ? J'use les chemins jusqu'à leur frontière faîtière — lieu de l'espace innommé —, là où sans doute le jour reconstitue ses forces.

Comme si le silence assumait tous les vacarmes —
... mais les heures qui s'amoncellent ne font pas la montagne ni même la colline. À peine un fardeau de plus sur les épaules. J'avance et j'oublie les chants qui me firent naître. Je voudrais me souvenir : et c'est déjà le reflux... Seuls des noms jonchent ma mémoire, telles ces pierres dispersées par les siècles, sans chair, sans parole.

Comme si le silence assumait tous les vacarmes et que, sur les derniers murs debout, le sang —
... mais pas un son. Nous n'avons que les mots que nous avons désirés. Ni les plus pires. Ni les plus beaux. Et je sais qu'à cet instant ils glissent d'entre nos lèvres vers d'autres ruisseaux, aussi vite que l'eau tarissant l'été les fontaines. Faudra-t-il bientôt se taire pour n'écouter que l'histoire des possesseurs ?

Comme si le silence assumait tous les vacarmes et que, sur les derniers murs debout, le sang répandu, témoignant, se lancerait à l'assaut ciel.

Midi.

Comme si l'urgence était au délire.

Table

Librio

Le livre à 10 F

434

Achevé d'imprimer en Europe
à Pössneck (Thuringe, Allemagne)
en janvier 2001 pour le compte de E.J.L.
84, rue de Grenelle 75007 Paris
Dépôt légal janvier 2001
Diffusion France et étranger : Flammarion